Claudio Muñoz

le petit Capitaine

mijade

Texte français de Laurence Bourguignon
© 1995 - Mijade (Namur) pour l'édition en langue française
© 1995 - Claudio Muñoz pour le texte et les illustrations

Titre original : Little Captain
The Bodley Head
London

■

ISBN 2-87142-065-3
D/1995/3712/16

FR18, 184

Les bateaux ne sont-ils pas des choses magnifiques ?
Lucien peut sans se lasser les regarder
entrer et sortir du port.

Et Papy connaît un tas d'histoires de marins.
Il a beaucoup navigué dans sa jeunesse.

Un jour au marché,
Lucien découvre un modèle réduit de bateau.
Il y a longtemps, il a appartenu à un autre enfant
qui s'en est séparé quand le jouet est devenu vieux et usé.

Il aura belle allure, repeint à neuf !
Pour les voiles, des restes de tissu feront l'affaire.
Lucien est ravi de son acquisition.
Sans raison particulière, il décide de l'appeler l'Etoile.

Dans la pièce voisine, Papy travaille, lui aussi.
"Que fais-tu, Papy ?"
"Patience, Lucien, tu le sauras bientôt !"

Et le soir, il offre à Lucien
une figurine en bois.
C'est un petit capitaine
qu'il a taillé de ses mains,
avec une barbe noire,
un uniforme bleu
et une casquette blanche.

Une fois seul,
Lucien observe la figurine
de plus près.
Elle a l'air de regarder
quelque chose derrière lui.

Cette nuit-là, il s'endort
avec le capitaine près de lui.

Le lendemain, Lucien expédie
son petit déjeuner et court à la rivière
essayer ses jouets.
L'Etoile navigue fièrement
et le petit capitaine
se tient bien droit sur le pont.
Soudain, un goéland vient crier
au-dessus d'eux.

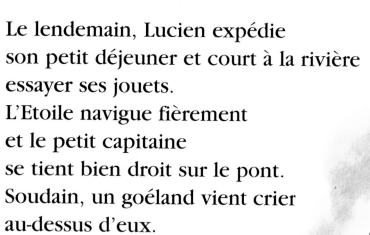

Dit-il quelque chose au capitaine ?
Toujours est-il que l'Etoile vire de bord
et s'éloigne à sa suite. Lucien court le long de la berge
en criant : "Arrête-toi ! Reviens !". Mais le bateau,
le capitaine et le goéland sont bientôt hors de vue.

L'Etoile et son équipage descendent la rivière,
le goéland toujours devant eux.
Ils passent sous des saules, sous des ponts,
longent des champs et des villages tranquilles.
Ensuite la rivière s'élargit. Ils naviguent alors
le long des ports de plaisance et des entrepôts,
entre d'immenses buildings
et d'énormes cargos...

…jusqu'à la mer.

Sous le ciel devenu menaçant,
le petit capitaine suit son guide,
indifférent à la tempête.

Soudain, dans la tourmente, quelqu'un crie
et lui fait des signes désespérés.

Oh, quelle déception quand la jeune fille s'aperçoit
que son sauveur n'est qu'un jouet !

Elle ne voit pas le petit capitaine sauter sur le pont
et bondir dans la cabine.

Elle ne le voit pas non plus s'introduire dans la radio
pour la réparer.

Et quand l'appareil
se remet à fonctionner,
elle ne se doute pas un instant
qu'à l'intérieur, le petit capitaine
est pris au piège
et qu'il ne pourra pas s'échapper.

Bientôt, on entend rugir l'hélicoptère de secours.
La jeune fille est hissée en lieu sûr. Juste à temps !
En bas, son bateau se brise sur les rochers.
Frissonnante, elle serre contre elle le modèle réduit.
"Tu es ma bonne étoile", murmure-t-elle.

Lucien, lui, n'est au courant de rien.

Toute la journée, il a passé les berges au peigne fin.

En vain. L'Etoile et son capitaine semblent s'être évaporés.

Papy et Mamy font de leur mieux pour le consoler

mais ce n'est pas facile : eux-mêmes sont très chagrinés.

Au journal du soir, on montre les images d'un sauvetage en mer.
Soudain, Papy reconnaît l'Etoile dans les mains de la naufragée.
"Lucien, on l'a retrouvé !" Il se rue sur le téléphone.
Le petit capitaine est-il encore sur son bateau ?
Lucien n'ose pas le demander.

Quelques jours plus tard, la jeune fille leur rend visite.
Elle remet l'Etoile à Lucien en disant :
"Je suis désolée que le petit capitaine soit perdu.
Je suis certaine qu'il m'a aidée,
même si je ne sais pas comment".

Lucien retient ses larmes.
"Merci", dit-il.
Reverra-t-il jamais le petit capitaine ?
Il vaut peut-être mieux qu'il l'oublie.

Bientôt, les vacances se terminent.
Un beau jour d'automne après l'école,
Lucien décide d'aller jouer sur la plage.

Son chien est ravi.
Il adore pourchasser
les oiseaux !

Mais au lieu de se sauver,
celui-ci se pose,
comme s'il voulait
montrer quelque chose.

Le chien se met à creuser.
Et tout au fond du trou,
mouillé, rongé par le sel,
Lucien découvre le capitaine.

Désormais, Lucien ne s'endort plus sans son compagnon.
Il connaît tant d'histoires, qu'il chuchote tout bas, le soir,
au creux de l'oreille ! Mais celle que Lucien préfère,
c'est comment, avec l'aide d'un goéland,
le petit capitaine sauva une jeune fille du naufrage.